Dana Ranga

Stop – Die Pausen des Sisyphos

Dana Ranga

STOP

Die Pausen des Sisyphos

Aus dem Rumänischen
von Ernest Wichner

Matthes & Seitz Berlin

S, s [es]

Jedes Mal, wenn ich nach rechts oder nach links gegangen bin, habe ich gemerkt, dass ich den falschen Weg eingeschlagen hatte. Geradeaus, schlichtweg geradeaus hieß geradewegs hinab oder hinaus. Das Alphabet der Richtungen ist voller Schmierereien, voller Schnauzbärte und Ohren und Hörner: Ich habe die Prüfung Linksum! nicht bestanden.

Jetzt mache ich einen Schritt vor und zwei zurück, mit dem Rücken voran, damit ich unerkannt durchgehe, gewiss; ich würde mich schämen, auszuschreiten. Wo ich hintrete, liegen Scherben, Schrauben, Samenschalen. Wie viele sind wohl schon vor mir hier vorbeigekommen? Ich bleibe stehen und warte. Lese Spuren und warte und beklage mich nicht

über nichts

Heute ist Donnerstag, der sechste März zweitausenddrei, neunzehn Uhr dreißig. Ich sitze an einem Caféhaustisch und warte. Überall wird über den Krieg gesprochen, in den Zeitungen, im Fernsehen. Mein Magen tut weh, und es geht mich nichts an. Ich fürchte mich vor der Hilflosigkeit der Wörter, des Bleistifts und des Auges, das lesen muß.

Mir ist nach Zynismus und Sarkasmus, Feuer und Galle. Ist das Wort meinetwegen hilflos, oder bin ich unentschlossen aufgrund der Worte? Ich gebe vor, wir geben vor, was für ein Irrsinn, einen Punkt zu setzen! Der Entschluss zu fragen, die Unverschämtheit, mit einem Komma das Glück des Ausrufezeichens abzuwürgen, wer erlaubt mir zu sprechen?

Die Worte mit den Lippen und der Zunge zu berühren, welche Unverschämtheit! Der Kellner kommt. Er schaut mich an, lächelt. Wie sage ich ihm, dass ich nichts möchte. Wie sage ich ihm etwas von dem Schmerz darüber, ein Wort umgebracht, erwürgt zu haben mit einem Handschuh aus feinstem Leder?

Vor einer Stunde

»Ich bin nicht hunderte Kilometer gereist, um Euch zu sehen, Madame, ich bin gekommen, das Meer zu sehen!« Ich trete zurück von der zur Festung erklärten Chaiselongue, gebe meine Sandburg auf.

Tausende Hände bedecken mich, kneten mich. Kalt, das Meer. Die Wellen entwaffnen mich, verstecken meinen Schild, ziehen mir die Rüstung aus, entkleiden mich des Willens, der Wünsche, alles dessen, was zweifelnd mir bekannt gewesen.

Das rote Fähnchen, am frühen Morgen aufgezogen, bedeutet Sturm. Pfiffe statt Pfeilen, Gesten statt Schlägen. Mein Genuss unterliegt der Zensur, meine Bewegungen werden belauert. Zu meinem Besten. Das Meer weist mich zurück,

jede Welle ein »geh, du hast mich lange schon verlassen«. Millionen Jahre, ich spüre sie nicht, sie rinnen mir wie Sand durch die Hand. Aus der Mitte des Tosens: »Ich hoffe, ich hab Euch nicht verärgert, Madame«. Der Alte, wie ein Schiff, das viele Stürme schon überstanden hat.

Ans Ufer gezogen

Das vom Zug mitgeschleppte Fenster wird von Ästen und Häuserecken zerkratzt. Ein betäubter Held, ein Kellner so bleich wie eine weiße Neonröhre balanciert einen Teller zwischen den sich bewegenden Tischen hindurch. Wer wollte schon lachen über Scherben und Flecken?

Ein vornübergebeugter Mann durchquert den Waggon, setzt jeden Schritt in ein anderes Geviert. Drüben angekommen wendet er abwesend und vergesslich den Kopf. Ein Salzklumpen, rauh und hart – sticht ihm ins eben begonnene Lächeln. Ein bestimmter Gruß?

Der Tunnel. Die Tischlampen schalten sich automatisch ein, eine warme, gemütliche Atmosphäre. Auf Höhe der Küche angelangt streckt der Mann die Hand aus und nimmt sich aus einem Körbchen einen Brotkanten. Er beißt hinein und setzt seinen Weg fort.

Eine Art »Gehabt euch wohl«

In einer Nacht mit weichem Kern habe ich tief
in die ausgestreckte Hand gebissen Mutter,
im Bad eingeschlossen, suchte sich eine dünne
Nadel für die schmerzrauhe Haut Vater versuchte,
die Tür aufzubrechen, und Großmutter sagte,
sie geht vorbei, diese Nacht, sie geht vorbei komm,
ich gebe dir Honig

aus der verborgenen Kammer.

Sie ist gestorben. Ist dahingegangen, so ist es nun mal. Was heißt, so ist es nun mal? So jung, so schön. Der Herbst hat sie verschlungen. Der Regen sie zernagt. Sie haben sie im Weiß der Krankenhäuser versteckt. Die Popen haben sie geraubt wie eine Heilige.

Sie hat mir den Rücken zugewandt. Hat mich zum Weinen gebracht. Hat mich geohrfeigt, mich geschlagen wie ein Arzt, der an die Tür schlägt und sagt, fertig, geh jetzt. Wie ein eben aus dem Backofen gezogenes Brot, der süßliche Schmerz.

Die Dampfschwaden schreiben ans Fenster, sie kommt nicht zurück. Ihr in einem Kleidungsstück verborgener Geruch, ihre Stimme auf einem Tonband, ihre Augen auf einem 8-Millimeter-Film. All dies sagt laut und deutlich und mit aller Macht,

sie ist gestorben

Ich kannte ihn nicht. Er stand, selbst auch etwas beengt, im Gang des überfüllten Zugs neben mir. Ich hatte einen Apfelstummel in der Hand und wusste nicht, wohin damit. Er streckte die Hand aus und nahm ihn ohne Zögern. Dann begann er, sich einen Weg zum Ausgang zu bahnen. Kurz darauf stieg er aus.

Ein Botschafter

Auf dem Kleiderbügel am Fenster, Vaters Hemd.
Jetzt nur ein einsamer Rücken. Was ist da so traurig
im Vollmondlicht? Die Stadt versinkt in ihrer Größe,

ohne Freude oder Bedauern. Das Hemd bewegt
sich kaum, der Wind weht. In den Brusttaschen
versteckt er Eintrittskarten, die Fragezeichen, einen
Reserveknopf.

Vater; die Vateridee

Muttergeruch, Rauch vom Herbstfeuer. Die Lichter
werden angezündet, es nieselt; ich gleite über einem
Blatt aus und fange meinen Sturz auf: Sie reicht
mir ohnehin nicht die Hand. Ich gehe den Schritt,
den Raum zwischen zwei Worten. Wische ihren
lange schon vertrockneten Kuss ab. Eine Hupe.
Scheinwerfer und die Kälte – einen Schritt weiter.
Ich habe länger gelebt als sie.

Zweiunddreißig

»Es klopft schon zum zweiten Mal … Wer mag es sein … Zu dieser Uhrzeit … Freunde habe ich keine, auch kein Hündchen, das mit der Rute gegen die Tür schlägt, wenn es nach Hause zurückkehrt. Ich werde die Pantoffeln ausziehen und auf den Zehenspitzen hingehen. Die Stellen im Parkett, die nicht knirschen, kenne ich alle, also kann ich unbekümmert auftreten. Langsam, ich werde zur Tür gelangen, meine Hand daran legen, dann die Stirn …«

Ich brauche niemanden

Ich habe mich wie eine Libelle in einen trüben See verliebt. Am Telefon. Du bist schön, du bist schön, ich liebe nur dich!

Leider habe ich keine Telefonmünzen mehr … Sagte er und rupfte mir einen Flügel aus, ein dünnes Beinchen. Der See wird mich genüsslich verschlingen:

paff

T, t [te]

Ein Abend wie im Paradies! Kommt und vergnügt euch, esst und trinkt und tanzt in luxuriöser Atmosphäre zu einem äußerst geringen Preis! Bei guter Laune werden die Sorgen in Wein ertränkt, und unser berühmtes Orchester spielt für euch auf

Kommt und vergnügt euch im Restaurant »Paradies«! Ihr werdet von Kellnern und Engeln bedient, im Preis inbegriffen ist nicht nur das Trinkgeld, sondern auch das Besteck, die missglückten Versuche, das Brot und die Seufzer, das Lächeln des Kochs, die Angst und die Fragen

Ein Abend im Paradies zum Preis eines Mittagsmenüs! Der Aperitif gratis! Consommé aus Anforderungen, Prinzipienkeulen aus dem Kessel, Garnituren aus Wagnissen und Koinzidenzen, flambierte Früchte aus dem Garten der Zergrübelungen

Unsere Lieferanten garantieren für die Frische aller unserer Lebensmittel! Sagt nicht, ihr wüsstet nicht, wo sich das »Paradies« befindet. Es gibt Filialen auf Schritt und Tritt, im ganzen Land! Kommt und feiert bei uns!

Jetzt

Eine tote Fliege und ein Häuflein Asche gehen
gehen Weg um Weg rennen ohne innezuhalten
Straßen entlang tragen tragen Schritt für Schritt
ein Verbrechen eine Uhr einen Verzeihensapparat
aber aber wenn mir etwas herausfällt aus einer
kleinen Tasche meiner Kleider und zerbricht und
ich entkomme

Ich möchte über alles stolpern das ich verloren
habe verurteilt alles alles zerstörte Leben zu
verknüpfen Staubfäden hopp hopp schwer sind
meine Lider von alldem was ich glaube wenn
das Davonrennen nicht mehr reicht und ich renne
bis ich von noch noch höher oben nur noch
ein klein wenig herunterfalle

ein klein wenig wenig

Komm lass uns streiten auf einem Wort auf einem
Grab auf einem Gartentor mit gekauften Zeugen
werden wir uns streiten ja ja auf einem verbrannten
Baum auf einer falschen Zeit auf einer durchbohrten
und vor das Fenster gehängten Taube ja ja wir
werden unsere Anwälte in Anspruch nehmen und die
Beweise klassifizieren nein nicht wer wusste wie viele
Wassertropfen während eines Sommerregens auf das
Blatt eines Baums gefallen waren nein nicht wie viel
Salz auf den Tisch gekippt wurde ja ja wir werden
uns mitleidlos streiten und voller Ungeduld auf Süß
und Sauer auf Mutters Namen nein nicht auch auf
Vaters Namen wir werden uns streiten auf der Seele
auf der Bibel auf Gott

und nicht um Vergebung bitten

Vom Himmel gefallen und schön wie ein Gott, trägt er die Welt auf den Fingerspitzen. Er nährt sich von grünem Kaviar, Hasenkäse und Kuckucksmilch. Ist unmöglich. Besäuft sich mit kaltem Leitungswasser, ist vergesslich, ein Guck-in-die-Luft. Pfeift auf den Schaden und tritt mit dem linken Fuß zuerst auf. Sonntags schneit es ihm stets und regnet.

Er schreitet stets wie ein Herr einher, geht nie seines Wegs. Ausgewrungen wie eine entsaftete Zitrone, stürzt er sich wie taub in den Tanz, ist tauglich allein, Locken auf Glatzen zu drehen. Wenn er nicht schläft, vertrödelt er die Zeit und schmiert den Leuten Honig ums Gemüt. Possenreißer, Schelm, Hungerleider, Nacktarsch. Bemitleidenswert, wie er ist, hat er sich doch einen Namen gemacht.

Der Held

Der Rücken einer Eidechse am Himmel, bei Sonnenuntergang. Auf der Lauer. Nur die schmale Zunge fliegt einem Vogel, einem Flugzeug hinterher. Gelassen, ahnt nichts von der Nacht. Ich sollte fliegen, dachte ich. Alle wunderten sich, auch die Maulesel-Wolken, die Fisch-Wolken, die Schnecken-Wolken. Mich würde sie nicht schnappen, ich würde ihren Blick ablenken auf den mit Honig beträufelten Himmel, würde ihr die Zunge um einen Telegrafenmast wickeln.

Aber wie fliegen? Die Nacht bricht herein mit ihren Faltern, Düften und Lüsten. Die Verworrene-Rede-Wolken versammeln sich still in einem Knäuel. Die Bänder-Wolken überkreuzen sich, fertig ist der Käfig. Das Dunkel, von Sternen durchlöchert, singt aus Leibeskräften. Vor Kälte hat die Eidechse sich umgedreht, den Bauchnabel nach oben. Die Nacht leckt an ihrem zarten Bauch, schlitzt ihn auf mit dem Zacken eines Sterns. Jetzt wehrt sie sich. Ein roter Tropfen, die Sonne, das Rohe.

Tapisserie

Übungen, den Augenblick zu leben, von einem Augenblick auf den nächsten und nächsten, Atemübungen, Augenblick für Augenblick für Augenblick einatmen, Augenblick für Augenblick ausatmen, atmen, ertragen, leben, Welle auf Welle, schließlich atmet auch das Meer, unbegreifliche Macht, und es gibt den Augenblick nach dem Augenblick nach dem Augenblick, gib dich hin, geh ins Wasser, atme die Welle ein, atme aus, die Arme, es gibt sie, schwimme, atme, das Meer im Augenblick und die Luft im Tag des Augenblicks der Welle des Meers und noch einmal

einfach und perfekt

Ich bin die, welche die Miete bezahlt hat, das
Mittagessen, die Unschlüssigkeit, das Vertrauen,
die Briefmarken, den Strom, die Wünsche, das
Warten, den Unterhalt, das Eintrittsticket, die
Verdachtsmomente, die vorgestellten und die
tatsächlichen Gebühren, die Steuer auf das Vertrauen
und die Missgunst, die Reparationen, Urlaubsgelder,
die Rehabilitation, den Verrat, die Ordnungsrufe, die
Risiken, den Friseur und das Scheitern,

ich bin diejenige, die für die Parkgebühren aufkommt,
die Bettwäsche bezahlt, die Fehltritte, den Zement
und die Ziegel, die Quittung im Notariat, die
nötigen Informationen, Bücher und Hefte, Flug-
und Bahntickets, die Hoffnung, das Trinkgeld, die
letzte Hoffnung, die Raten für den Fernseher, die
Verzweiflung, den Kühlschrank, das Unglück,
den Staubsauger, den Albtraum, das Telefon, die
Desertion, die Tinte,

ich bin diejenige, die das Schreibpapier bezahlen
wird, und jedes andere Papier, die Resignation, die
Geschenke, Flüche, die Zahlungsrückstände, das
Geschenk für den Pfarrer, das Taufkleid und das Essen
im Restaurant, den Neid, das Hochzeitsgeschenk, den
falschen Augenblick, die Erinnerungen, Himmel und
Hölle, den guten Ruf und die Ziege des Nachbarn
mitsamt Zaun und allem Drum und Dran, ich bin
diejenige, die bezahlt

aus tiefen Taschen

Eines Morgens nahm Vater sie an der Hand und brachte sie in ein großes Gebäude. Sie wurde dort gelassen. Von anderen Kindern erfuhr sie, dass es die Schule war.

Eines Abends nahm Vater sie an der Hand und brachte sie in einen Garten mit großen Steinen. Vor einem rechteckigen Stein sagte er ihr, hier unter der Erde ist deine Mutter.

Eines Tages nahm Vater sie an der Hand und führte sie ins Krankenhaus. Sie wurde dort gelassen. Von einer Ärztin erfuhr sie, dass am nächsten Tag die Operation stattfinden werde.

Eines Nachts, nach ein paar Jahren, wollte sie für jeden, der mit ihr sprechen wollte, die Puppe sein. Sie erfuhr, dass sie das Wort *nein* nicht kannte.

Arm ist ein Mensch, der nicht fragt. Unglücklich ist ein Mensch, der nicht nein sagt. Verbittert ist ein Mensch, der nicht weiß, warum.

Mutter, Vater und Tochter

Von heute an bin ich mir Mutter, bin ich mir Vater,
bin ich mir Tante und Onkel und Cousine. Ich bin mir
die beste Freundin, bin mir bei Bedarf Geliebte und
Liebhaber. Ich bin mir Berater, Rechtsanwalt, bin mir
Muse und Mentor, bin mir gute Fee und Philanthrop.
Ich bin mir Stolperstein und Lösung, Hüter und
Dieb, Verräter und Held. Papier, Wort und Bleistift
bin ich mir, Atem und Blick, Vektor des Werdens
und Vergehens, Nabel meines eigenen Universums,
vollendet durch Gewinn und Verlust. Ich bin mir
Henker und Verurteilter, stürmisches Meer und
verlorener Fischer, hier stehe ich

fest auf den Beinen, trotze der Gravitation, zwischen
den Wellen. Ich trenne mich von Mutter, von
Vater, von Tante und Onkel und Cousine, von der
besten Freundin, vom Geliebten, dem Mentor und
großen Pastor, von Ikonen und Ikonografie, der
Opferbereitschaft, von der Kommunikations- und
Erklärungstheorie, von aufgeschobenen oder
verleugneten Wünschen, von der Hoffnung, das
wahre Leben werde morgen beginnen, vom
Ankunftsort und der Ankunftszeit, den Fundamenten,
der Sicherheit und dem, was ich hätte darstellen
müssen, um angesehen zu sein, dem Bedürfnis,
gesehen zu werden, und dem Wort günstig.
Hier bin ich.

Aufnahmeprüfung

Der Weise schweigt. Der Feind schweigt, der Dumme
schweigt. Der Irre schreit: Hilfe. Der Dieb seufzt.
Ein Unbekannter schaut hinauf. Auf dem Dach ist
jemand, der

flüstert, wartet

O, o [o]

Welche Folgen für den Zustand der Existenz, die danach beginnt, hätte die schlichte Entscheidung, allem ein Ende zu setzen? Die Folgen einer günstigen Lösung werden eine mögliche Ewigkeit lang zu ertragen sein. Kurzschluss. Das Leben, ein langsames Sterben.

Im Augenblick, im Sekundenbruchteil, diskontinuierlich aber erwiesen, die Freude. Sandkorn, Zeitkrümel. Die Natur der Harmonie ist dämmerig. Und die Unschuld? Und Unbeflecktheit? Einfache Münzen, Zahlungsmittel? Bei hohem Preis muss die Wirklichkeit hingenommen werden.

Dieser Realist

Mit dem Bleistift hat er sechs Finger. Ebenso wie er sich nicht mit Wolfszähnen in den Hals beißen kann, kann er seine Atmung nicht abstellen. Es gibt nur eine Einschraubrichtung. Niemand würde sich sättigen, wenn er verschluckte, was zu sagen wäre. Der Schatten ist eine gute Stütze. Manche haben Augen so grün wie der Teich, andere haben welche, die sind blau wie das Meer.

Abfahrt / Ankunft

Er legt den Kopf in den Nacken, und die Kaffeekanne neigt sich und folgt ihm. Im Tiefen der Kanne sieht er sein Auge leuchten, klar und heller als im Spiegel. »Ich dachte, ich sei in der Ewigkeit gut aufgehoben.« »Die Ewigkeit bürstet brav jeden Augenblick glatt, der seinen Ort verlässt. Nach wem wirst du dich noch sehnen, dich fürchten vor wem?« Langsam nimmt er ihre Hand und hält sie sich an die Schläfe, streichelt ihre Wange, das Ohr, das Haar.

Morgens wie nachmittags

Ein Dichter unter einem Sonnenschirm. Das Meer wie ein grauer, verschlammter See. Eine junge Frau mit einem knabenhaften Körper, schwanger, geht ins Wasser. Sie schwimmt allein hinaus. Ein Soldat sitzt auf der Terrasse der »Möwe« und trinkt ein Bier. Ein Hund bringt einen abgestürzten Drachen aus dem Meer. Eine alte Frau verkauft Perlen: Wollen die schönen Damen nicht kaufen? Hitze, Sonne, ein Sandkorn unterm Augenlid. An der Bushaltestelle, unter einer Wolke, der Blitzschlag ohne einen einzigen Regentropfen. Der Donner und die Alarmanlagen der parkenden Autos.

Wie könnte man den Preis eines intimen, äußerst persönlichen Vorgangs verstehen; die Poesie muss ausgestellt werden, die Schöpfung. Die Liebe nicht. Schauen Sie mal wieder bei uns vorbei. Das Universum ist eine Collage aus Realitätsfragmenten, Milliarden von gültigen Wirklichkeiten, Lebensweisen. Die riesige Heuschrecke erstarrt in der Hand eines Jungen. Ein König dieser Spezies einem Kind ausgeliefert. Das Kind verurteilt ihn und wirft ihn ins Meer. Leben und Tod, gleichwertige Fragmente. In dieser Wirklichkeit: Nein.

Die Wellen werden größer, ihr Rauschen überlagert die Bässe der Boxen. Auge in Auge, das Meer und die Bar. Die Zuschauer bestellen mehr Bier, die Möwen werden die Gläser einsammeln. Mara: Lerne, brav am Tisch zu sitzen. Ein eleganter Herr mit grauen Haaren breitet auf dem Sand behutsam ein Badetuch aus. Die junge Frau setzt sich:

Ihr Tattoo passt zum Muster des Tuchs, ein Drache. Der abgestürzte Drachen, der Drachen des heutigen Tags steht an der Straßenecke und bietet Zimmer an zur Miete.

Verordnete Erholung

Die Zeit gleicht dem Wasser, der Augenblick tropft ins Ohr, durch die Schnecke, in Gedanken, die Zeit, die kreist wie eine Schnecke, die von oben herabfällt ins Wasser. »Eines Abends, da ich mein Stück Nacht nach Hause trug, da war ich mal gewesen.«

Ich suche ihn schweigend. Der Mund voller Stille, die Ohren verstopft von so vielen Wörtern. »Du hast mich ins Vergessen geworfen wie in eine Kalkgrube.« Der Schatten flüstert ihr zu, nein, du bist nicht allein, du kannst dich auf mich verlassen, jederzeit.

Die ganze Zeit hat sich in den Kronen der Bäume versammelt. Gelbe Blätter rufen den Blick herbei und zeigen: Alles vergeht. »Jetzt aber vergeht alles langsam. Ein schönes Gesicht, bedeckt.«

Die Augenblicke, wie sie fallen. Die Blätter. »Du vergisst, dass du nicht mehr gestern sagst, sondern morgen, wessen Hände, wessen Hände streicheln dir die Lider? Wessen Stimme ringelt sich Schnecke in Schnecke? Und wir träumen uns nah.«

Nach der Trennung

Auf dem Umschlag drei Adressen und drei Adressaten. Wie ein Mensch mit zu vielen Talenten im Zeitalter der Spezialisierung. Kategorien für Phobien und Winterkürbisse, für Mythen und Symptome, Tatsachen und Effekte. Etwas, etwas wird sich auch für diesen Umschlag finden lassen.

Eine Eintrittskarte fürs Paradies

Auf Tuchfühlung mit der ewigen Ruhe (von statuarischen Gruppen aus Marmor oder Gips bewacht) an der Seite einer friedvollen Unendlichkeit (unterbrochen allein von vorübergehenden Kriegshandlungen), unter einer gleichgültigen Sonne, Eigentümer dieser Gemeinschaftswohnung

unter dem Blick der Berge, lokale und diskrete Hüter des Bestands an Kulissen (ideale Verstecke zu Kriegszeiten), Symbole der Beständigkeit und Weisheit, allgültige Beispiele der Formel »unverrückbar wie ein Berg«, üben Lachen und Weinen sich in Koexistenz.

Sie ruhen sich beim gleichen Glockenschlag aus, lassen sich zu den gleichen Feiertagen ergreifen, stubsen sich heimlich mit den Ellbogen an, wenn eine weitere junge Frau mit Haaren bis auf die Hüften hinab und dem knappest möglichen Röckchen am Strand auftaucht.

Der Campingplatz neben dem
christlich orthodoxen Friedhof

Berge innen ausgehöhlt, leere Steinhallen, fragile Helden, schlichte Ikonen, Männer mit Bauch, Menschen mit einer Schutzschicht für die mit Angst getränkte Seele

Karten mit abweichenden Straßenführungen, Karten mit unterbrochenen Straßen, Karten ohne echte Straßen, Menschen mit diffusen Wünschen, Mütter erziehen Kinder, die keine Fragen stellen

viereckige Räder

Unter der blauen Leinwand ragt der Schaum hervor, das Mantelfutter des Meeres. Die Schaumränder berühren sich, überlagern sich erstarrt. Eine zärtliche Berührung, unbesiegbare Sanftmut. Geschlagenes Eiweiß klebt an den passiven besitzergreifenden Algen. Willenlos, der Sand.

Weit draußen, ein von Wind und Salz zerfressenes Wrack. Das Meer widersteht der Zivilisation, die Zivilisation widersteht dem Meer, dem Leben. Der Hafenmeister, exzentrisch und melancholisch, lässt die Fahne oben. Der nächste Sturm wird andere Spuren hinzufügen; die Wetten nehmen zu.

Jede Welle eine Prüfung. Eine weitläufige Gesellschaft stellt die Insignien ihrer Macht aus: Die Uniform, das dunkle Blau, das unverrückbare Ritual. Der Mann bleibt aufrecht, stets auf den Beinen. Die Macht tobt, wenn sie die Gelassenheit dessen zu spüren kriegt, der sie ignoriert.

Der Kampf mit den Wellen

Spät abends auf dem Balkon, ihre frische Stimme, das Lachen voller Vokale. So weit sie ihre Finger auch strecken mag, nein, der Mond wird nicht erschrecken. Die Scheinwerfer auf dem Dach des Hotels tasten den Himmel ab, als wären sie blind. Die Sterne funkeln nicht.

Ein Nachtfalter, der sich für Prometheus hält, nähert sich dem Feuer. Verendend löscht er die Kerzenflamme aus. Nein, nein, sagt sie unter Verschwendung von Gesten und Vokalen, es gibt nichts Romantischeres. Es ist gut, endlich dunkel!

Was willst du sagen

Ein Junge und ein Mädchen spielen mit dem Feuer. Sie sind ins grün-graue Meer gegangen. Es riecht nach Sturm. Mit nackten Brüsten trotzt das Mädchen den hohen, kalten und gleichgültigen Wellen. Nur wenn sie auslaufen, streicheln sie.

Der Junge wirft seinen Körper mit weit ausgebreiteten Armen voran in die Flut, bricht die Wucht des Wassers, die Zeit, die Gefahr des Aufpralls. Er wird die Gewissheit mit unsicheren Bewegungen überwinden und sich vom Genuss besiegen lassen.

O Venus, angeschlagene, verstümmelte, weißes Fleisch, hervorgegangen aus Algen und Mollusken. Von Wasser und Wind erodiertes Symbol, Göttin, Mutter, Geliebte: Schau, sie küssen sich, schau, sie ignorieren dich, sie übertreten deine Grenze, sind eingetreten, ohne zu fragen,

nackt und glücklich

Wir müssen zusammenwohnen. Wenn wir zu keinem Einvernehmen gelangen, werden wir uns zerfleischen. Wir sind nicht künstlich: Wir können es nicht ertragen, wie Spielzeug unter dem Vorwand »war ein Scherz«, in die Ecke geworfen und zerkratzt zu werden.

Wir sind aus Fleisch und Federn und Knochen und Schuppen gemacht. Bisse schmerzen uns. Aber wir beißen immer noch mit unseren Eckzähnchen in den nackten Bauch unseres Nächsten, in die nach Licht und Wasser und Luft dürstende Seele.

Tag für Tag sehen wir Unseresgleichen als Tote. Den einen sind sie ein Beuterest, den anderen Beweis dafür, dass auch sie sterben werden. Und wie viele Blicke, wie viele aufgesperrte Kindermäuler! Die Natur, die Natur.

Wir müssen unsere Natur annehmen. Die einzige Art, uns zu berühren, ist eine Geste der Gewalt. Ich beiße dich, weil ich dich liebe. Ich berühre dich. Ich berühre dich! Wieviel Millionen Jahre sind vergangen seit der ersten Zerfleischung und dem ersten Kuss?

Standbild in einer Sequenz über Evolution

Der Hai schwimmt um den Kopf des toten Fisches herum. Ob er ihn beerdigen soll? Soll er ihn zerfleischen, bis ihn das offene Auge nicht mehr anstarrt? Wem nützt der stumme Zeuge? (Der Ochsenkopf-Fisch hat keine Augenlider) – Wo soll ich die Abertausenden Bilder archivieren? Ich schwebe in ihrer Mitte. Eines Tages werden sie mich ersticken. Wenn ich die Augen schließen könnte,

würde sie der dichte Nebel in mir verschlingen, der Kosmos voller Blitze: Ich werde ihn nicht kennenlernen. Wie soll ich mir die Wüste Rub al-Chali vorstellen, die Gletscher Grönlands, den Koko-Nor See? Werde ich niemals von der Erde zum Mond schwimmen? Wenn ich die Augen schließen könnte, würde ich mich an die Regentropfen erinnern, wie sie auf die Steine schlagen.

In einem Aquarium

Eine Hose, der ein Bein fehlt, ein Hemd ohne Ärmel,
ein Schuh ohne Sohle, ein Handschuh ohne Finger,
ein Mantel ohne Rücken, ein Mensch ohne »Nein«

Medaille mit nur einer Seite

Wie akzeptiert man etwas? »Ja, ich akzeptiere den Beschluss.« Ich akzeptiere es, den Steinbrocken wie einen Rucksack auf dem Rücken zu tragen. Ja, ich akzeptiere den Beschluss. Den Steinbrocken langsam, heimlich mit dem Fuß zum Rand der Schlucht zu stoßen, an den Uferrand des Flusses, zur Kellertür hin. Vielleicht, vielleicht gleitet er, vielleicht verschwindet er im Nichts, im luftleeren Raum, im Chaos. Und ich kann mir etwas anderes auf den Rücken packen: Die Freiheit, den Rettungsring, den ich schon so oft zum Flicken gebracht habe.

»Ich akzeptiere.« (Sisyphos)

Das angestochene Ei versinkt sachte in dem Topf mit kochendem Wasser. Man zieht ihn beiseite von der Ofenplatte und kocht weiter bei mittlerer Hitze. Ihr müsst bloß die Uhr im Blick behalten:

Die Zeit dringt durch die Schale, verursacht Haarrisse, verändert die Substanz, infiltriert das Wasser, das Ei und seine Tätigkeit. Ist es euch bewusst, dass ihr die

Evolution einer ganzen Reihe von Möglichkeiten verändert? Ihr habt das Ei gewählt, nicht das Huhn. Heute bagatellisiert der technische Fortschritt die Entscheidungen. Löscht das Feuer. Dann haltet ihr das Ei unter kaltes Wasser

so lässt es sich besser schälen

P, p [pe]

Großmutter war gekommen ein Huhn zu schlachten
für die Sonntagssuppe (die Erde, die Erde) während
sie sich in der schmalen Kammer niederbeugte
schubste sie der Enkel er hatte gesehen wie das weiße
Huhn im brühend heißen Wasser zappelte und im
Fallen schrie die Großmutter noch Herrje und Hilfe

Der Junge schaute zu wie sie sich aufzurichten
versuchte aus der Falle der Einmachgläser Schnüre
mit Zwiebeln der großen Haufen Äpfel und Kartoffeln
sein Herz klopfte gemächlich ein Eiswürfel (die
Erde die Erde) die Schüsseln randvoll mit Ärger die
Schöpfkelle in Flüche getaucht

der Herd glüht vor Gerede die Großmutter nunmehr
ohne Geschichten liebkost den Enkel küsst ihn auf die
Stirn in der das Blut den Augenblick gefrieren lässt
da das Küchenmesser zur spitzen Klinge Metalls wird
lass mal lass mal macht nichts

die Erde die Erde

»Mutter, ich habe geträumt, ich bin ein Brot. Auf einem großen Tisch mit vielen Gästen.« »Lass mal, lass, das hat nichts zu bedeuten.« »Mutter, das ist ein böses Zeichen.« »Nein, das ist nichts.«

»Mutter, ich habe geträumt, ich bin ein Gugelhupf, luftig und warm. In der Hand eines Kindes. Und es hat angefangen, Stücke von mir abzubrechen.« »Das hat nichts zu bedeuten. Lass das Kind essen, die Bitternis der Tage, die Lebensangst. Pass auf, was ich dir jetzt sage: Beiß hinein, kaue und gehe weiter. Die Angst nährt dich,

so kommst du zu Kräften«

Ja, ich habe drei Mädchen und einen schönen Jungen. Vor einem Jahr haben sie mir zum Geburtstag je einen kleinen Porzellanbecher für weiche Eier geschenkt. Ich müsste jeden Morgen vier weiche Eier essen!

Eines Tages zerbrach einer der Becher beim Staubwischen. Einfach so, dabei fiel er auf den weichen Teppich. Mein Junge ist gestorben. Habe ich das etwa schon erwähnt? Jetzt esse ich jeden Morgen drei weiche Eier

wer hätte das gedacht

– Hallo? Hallo, entschuldigen Sie, Sie kennen mich nicht. Sagen Sie bitte, wie war es bei Ihnen in der Stadt? Sind da Leute gestorben? Ich weiß nicht, was ich tun kann, um etwas über das Erdbeben zu erfahren, mein Sohn hat kein Telefon. Nein? Niemand gestorben? Ja dann möge Ihnen Gott Gesundheit schenken und alles, was Sie sich sonst noch wünschen! Verzeihen Sie bitte, Verzeihen Sie.

Keine Katastrophe

Er hielt sich an Mutters weiten roten Rock. Ein aufmerksamer Fleck in der schwarzen und eiligen Menge. Er hatte den Saum an einer Ecke gefasst und sich an die Stirn gehalten; das machte ungefähr das Viertel eines Kreisbogens. Und er hielt sich an dieser Ecke fest wie der Wind am Drachen. Mutter bahnte den Weg und markierte ihn rot. Und er wusste, dass der Weg gut war.

Welch eine Sicherheit

Ich rutschte aus (Er war gestürzt! Von der Kuppe gestürzt!) und fand mich plötzlich auf einem Flecken Schnee wieder. Eine völlig neue Aussicht: Ich hatte den Gipfel noch nie in violettem Sonnenlicht und das Tal wie ein Kirchenfenster leuchten sehen. (Unter der Eisschicht des Gletschers ein Reservoir von Schmerzen.) Ich bewegte Arme und Schenkel und wusste, es war nichts geschehen

(Er war über die Steine gerollt, bis er nicht mehr zu sehen war. Der Gletscher hat ihn verschluckt, ich hielt ihn für tot, verloren. Aber das Mädchen sah ihn und rief »er lebt!«, dutzende Male das Echo. Er hatte sich erhoben, das Gesicht bedeckt von Blut und Schnee. Sagte »wir werden weiter gehen zur Hütte«. Tausende Splitter schmolzen in seinen Wunden.

Nach vielen Stunden der Kälte, des Schweigens und stolzroter Scham legte ich ihn aufs Bett. Er bat uns, zu schwören, dass wir niemandem etwas davon sagen werden. Obwohl er fieberte, kein Wort zu niemandem. Obwohl sein Gesicht verkrampft war, kein Wort zu niemandem. Wir sagten niemandem ein Wort. Und nach zwei Tagen, der Gletscher glitzerte noch in seinen Augen, erhob er sich,

setzte sich ans Lenkrad und fuhr hunderte Kilometer. Das Krümelchen Eis, das in seinen Gedanken steckte, hatte zu wachsen begonnen. Zu Hause angekommen, konnte er kaum noch atmen. Am nächsten Tag ging er in Anzug und Krawatte ins Büro. Und kehrte triumphierend heim: »Niemand hat etwas bemerkt!« Der Krümel Eis in seinen Gedanken, der unsicher gewordene Schritt. Er hat es nie zugegeben: Er war ohne Sicherungsseil über die Kuppe gegangen.)

Der Überlebende

Du sollst wissen, dass es uns gut geht! Vielleicht überrascht es dich, dass ich dir schreibe, aber Mama ist sehr betrübt. Sie schläft schon seit drei Nächten nicht mehr! Ich weiß nicht, was du zu ihr gesagt hast, vielleicht willst du ja herkommen? Ich gebe dir einen Rat: Bring dir zu Trinken und zu Essen mit

bring auch ein Handtuch und Bettwäsche. Komm nur, wenn du die Gasflasche und den Strom bezahlst, und nur, wenn es möglich ist, dir nicht zu begegnen. Die Luft ist teuer! Ansonsten wünschen wir dir Gesundheit und alles Gute. Etwa so sieht es aus, nimm es uns nicht übel. Erwarte Nachricht!

E-Mail

Sogleich nachdem sie sich kennengelernt hatten, begann er von seinen Erfolgen und Leistungen zu sprechen, eine halbe Stunde voller Leistungen und Leistungen, dann richtete er auch an sie eine erste und einzige Frage, bist du verheiratet, hast du Kinder

Etikette

Schau sie dir an, sie steht an der Ecke. Verprügelt und mit einem blauen Auge. Sie weint still und hält sich das Taschentuch an die Nase. Jemand schubst sie zur Seite: Siehst du nicht, Weib, was ich da zu schleppen hab?

Um die Ecke nähern sich von der anderen Seite zwei Männer. Sie reden aufgebracht, gehen mit großen Schritten, kommen näher. Sie hört sie, schreckt auf und sieh an: Die gehen einfach vorbei.

Langsam hebt sie die Hand an die Stirn. Fährt mit den roten Fingern über die Wange, niest und weint. Steht da und wartet

und steht da

Liest, liest, die Stimme liest. Ein verworrenes Gedicht, flüchtig gewählte Worte. Nein, ist nicht von ihm. Vertrocknete Samenkerne, hingeworfene Schalen, fallen die Worte und zerspringen. Applaus. In der ersten Reihe steht jemand auf, in der Hand zittert das Buch.

»Können Sie die Sprache sprechen, in der es geschrieben wurde«, fragt er mit errötender Stimme. Die Blicke der Umstehenden heften sich an seinen Kragen, seine Ärmel, Taschen und Knöpfe. »Ich war dort. Bin Seemann, ich weiß, was ich sage, hab Vieles gesehen.

Bitte lesen Sie es noch einmal in der Sprache, in der es geschrieben wurde« – kein anderer Laut, nichts. Das Schweigen tropft von der Decke. Der Verräter zuckt mit den Schultern, schnappt sich seine Jacke und geht eilig davon. Wellen, Meeresrauschen, Wind.

Übersetzung

Zwei Männer reiten auf Brettern die Wellen, in Motorbooten schießen sie wie Slalomläufer durchs Wasser. Es macht ihnen Spaß, Aufmerksamkeit zu erregen, sie drehen die Motoren auf, selbstgefällige Angeber mit ihren Bizepsen und Pektoralen,

dem modischen Haarschnitt, ihren aerodynamischen Westen. Was für eine gespreizte, adrenalingetränkte Elite. Als gehörte das Meer, heute friedlich, ihnen allein. Spät erst gehen sie, wie es scheint, zum Hotel.

Plötzlich wechseln sie die Richtung und bleiben bei den Rettungsbooten stehen. Ein Junge kommt aus dem Häuschen. Gemeinsam ziehen sie die Boote an Land, rollen Leinen auf und steigen hoch auf den Beobachtungshochstand, halten Ausschau nach den letzten Schwimmern.

»Gestern sind wir sieben Mal hinaus und haben nur sechs gerettet. Den Siebten haben wir verloren, wir haben seinen Körper nicht gefunden. Eine tiefe kalte Strömung muss ihn nahe der Küste mitgenommen haben. Er hatte wohl geglaubt, die Gefahr verberge sich im offenen Meer.«

Hinter der Boje

Auf vier Stühlen liegend, die Augen geschlossen, Herr über Stille und Weinen, die Stirn blau, die Wange blauviolett und von Schmerzen befreit. Niemand war zugegen, als der Engel mit gebrochenem Flügel ihn aus dem Blick verlor, und der Traktor wie ein wildes Pferd am Rande der Schlucht

wer hätte es denn allein für verspielt gehalten, wer hätte gedacht, dass der Traktor ein Freund sei? Der Mann, trunken vom Frühling, den Blumen, Küken und Brennesseln, träumte in Geschwindigkeit. Der dressierte Traktor vollführte einen Satz rückwärts und fiel wie eine Katze auf die Räder, unversehrt und bereit zum Aufbruch, wartete, dass der Mann, der da plötzlich barfuß auf dem Boden lag, die Wasserflasche zu seinen Füßen entleerte sich glucksend, sich endlich erhebe

und ihn nach Hause fahre in den Schuppen, den Nachbarn von dieser Lektion im Manövrieren berichte oder erzähle, wie ein Flügel brechen kann, wie die Stille den Schrei verschluckt, darüber, dass Totsein nicht sein kann und Gestorbensein schon vorbei ist, darüber, dass und wie einer einen Beschluss gefasst und dann zu atmen vergessen hat, im Hof und rings um die Stühle einen Abgrund voller Brennesseln hinterlässt, das Weinen wie ein mechanisches Dröhnen, doch in ihrem Herzen ein Loch groß wie ein Traktor

am Tag nach der goldenen Hochzeit

Zuletzt habe ich meinen Bruder vor nunmehr
zwanzig Jahren gesehen, als Mutter gestorben war.
Damals habe ich meiner Schwägerin Paulina eine
runtergehauen

als sie im Schlafzimmer in Mutters Wäsche
herumkramte. Ich schrie, auch du suchst nach Geld?
Was sind das für Menschen, seitdem haben wir uns
nicht mehr gesehen

Totenwache

Herr Constantin ist vor den Wohnblock getreten, wie jeden Nachmittag. Aber seit ein paar Tagen steht er nur so da und raucht völlig entspannt, er poliert nicht mehr das Auto, erschrickt nicht mehr bei jedem Ruf. Mathildas Stimme: »Bist du sicher, dass da kein Staub mehr auf den Hussen ist? Hast du sie mit einem feuchten Lappen abgewischt? Bist du sicher, dass alles trocken ist? –, damit sie ihren Dutt nicht ruiniert, ihren Rock nicht befleckt, keine Zeit verliert.

Letzten Sonntag polierte Herr Constantin die Motorhaube und wartete beklommen darauf, ihre Stimme zu vernehmen. Kein Vorwurf, kein Wort. Geänderte Taktik. Er polierte und wartete auf ein Zeichen, bis es an der Zeit war, zum Besuch aufzubrechen. Wie gut alles läuft, wenn da kein Krach ist! Er wird ihr morgen etwas schenken, ja, bestimmt, etwas Zynisches und Kleines. Dann betritt er die Wohnung und ruft Mathilda.

Mathilda mit ihrer beeindruckenden Gestalt, der Dutt perfekt, parfümiert, saß im Sessel und schaute ihn an. »Los Mathilda, lass uns gehen.« Mathilda schaute ihn unverwandt an, und er blieb stehen. Mathilda schaute ihn nicht einmal an. Mathilda atmete nicht. Was übrig geblieben war von all der Größe – der Blick. Herr Constantin ging langsam näher heran, als fürchtete er, sie zu wecken. Und schloss ihr langsam die Augen.

Er ging vor den Wohnblock, warf die völlig eingestaubte Husse weg und rauchte in aller Ruhe die erste Zigarette. Der Krankenwagen kam ohne Sirene, der Arzt flüsterte sein Urteil. Allein geblieben, bedeckte Herr Constantin den Sessel und Mathilda mit einem Tischtuch. »Ich muss sie bloß in den Sarg legen, der Dutt ist fertig.« Er griff nach den Schlüsseln und klopfte beim Nachbarn an: »Mircea, hast du Zeit für eine Partie Kanasta?«

Das Reich der Freiheit

Abends verwandelt die Sonne den Wohnblock gegenüber in ein glühendes Stück Kohle. Im Erdgeschoss schaltet jemand das Licht an. Weiter oben öffnet eine Alte das Fenster und schüttelt ein Handtuch aus. In einem anderen Stockwerk, schlägt eine Frau ein Kind. Nebenan wischt ein alter Mann den Staub von den Büchern und fährt sich mit der Hand durch die weißen Haare. Ich weiß nicht, ob

er das Geschrei und das Weinen hört. Im obersten Stockwerk wird ein Fenster geräuschvoll geschlossen, der Vorhang wird mit exklusivem Schwung zugezogen. Auf dem Dach wachsen die Antennen still zwischen Lianen von Wellen und einem Gestrüpp aus Flüstern. Der Kosmos voller Galaxien und Supernoven lastet auf einem Wohnblock mit dünnen Wänden.

Gewusst und unbekannt

Inhalt

Erste Auflage Berlin 2023

Großbeerenstraße 57 A, 10965 Berlin
info@matthes-seitz-berlin.de
Titel der Originalausgabe: »Stop. Din pauzele lui Sisif«, Cluj 2005

Layout und Satz: psb, Berlin
Umschlaggestaltung unter Verwendung einer Fotografie
von Tim Mossholder, unsplash (cc)
Druck und Bindung: GGP Media GmbH, Pößneck
ISBN 978-3-7518-0900-9

www.matthes-seitz-berlin.de

Jelena Schwarz

Buch auf der Fensterbank und andere Gedichte

Aus dem Russischen von Daniel Jurjew
108 Seiten, gebunden mit Schutzumschlag

Während der Sowjetzeit bis zur Perestroika konnte Jelena Schwarz zensurbedingt keine einzige Zeile publizieren. In der inoffiziellen Lyrikszene Leningrads aber war sie als große Dichterin anerkannt. Heute gilt sie neben Achmatowa, Mandelstam oder Brodsky als eine der bedeutendsten Stimmen der russischen Poesie. Ihr Werk übt großen Einfluss auf jüngere Generationen aus. Insbesondere ihre Form der narrativen Poesie wurde für die russische Lyrik der Gegenwart wegweisend. Es sind Gedichte voller Lust am Erzählen, Zeigen, Spielen, Stilisieren und Scherzen. Die hier vorgelegte erste deutschsprachige Auswahl aus ihrem Werk zeigt alle Facetten ihres Schaffens. Das Spektrum reicht vom Sich-Abarbeiten an historischen Verhältnissen verschiedener Regionen und Epochen, mit Rückgriff auf die Mythologie, bis hin zu Liebesgedichten. Dabei steht Jelena Schwarz immer im intensiven Dialog mit der gesamten Weltliteratur und Philosophie.

Dana Ranga

Cosmos!

114 Seiten, gebunden mit Schutzumschlag

»Die Reise ins All / ist eine Reise des Geistes / warum fliegen wir in den Weltraum / wenn nicht um etwas / über uns zu erfahren / und über das, was es mit diesem Universum / auf sich hat? / Über unseren Platz in dieser Ordnung / und darüber, was es bedeutet / ein Mensch zu sein.« Mit diesem Zitat des Astronauten Story Musgrave beginnt Dana Ranga ihre poetische Reise zu den Sternen in der Hoffnung, Antwort auf die Fragen zu finden, die Musgrave stellt. In über 80 Gedichten, die in der jahrelangen Auseinandersetzung mit der Raumfahrt und einer Vielzahl von Interviews mit Astronauten und Kosmonauten entstanden sind, geht sie der Frage nach, was Menschen in den Weltraum treibt, was sie dort erleben und was sie vor, während und nach der Reise empfinden. Mit ihrer ungewöhnlichen und packenden poetischen Recherche über die Sehnsüchte und Träume der meist völlig unbekannten Pioniere, die an unserer statt in unbekannte Welten vorstoßen, nimmt sie den Leser selbst mit auf die Reise in den Kosmos.

Anne Carson

Irdischer Durst

Aus dem Englischen von Marie Luise Knott
120 Seiten, gebunden mit Schutzumschlag

In vier poetischen Streifzügen von außerordentlicher Vorstellungskraft verbindet Carson Rhythmus und Metaphorik der Dichtung mit der schweifenden Natur des Essays und der Direktheit des Theaters. Die Lesenden erkennen, dass Geschichten und Mythen unsere Wirklichkeit durchweben. Neben einer modernen Variation auf den Dichter Mimnermos von Kolophon finden sich in diesem Band Kurzvorträge zu so diversen Themen wie Forellen, Rembrandt und Entjungferung; Überlegungen zur Vergleichbarkeit von Winter und Birnen sowie ein Langgedicht zum Leben des Renaissancemalers Perugino. Schließlich steht unser ganzes komplexes Heute auf dem Spiel. Was sehen und was verstehen wir? Welche Lust ziehen wir gerade aus dem, was wir nicht verstehen und was dennoch da ist? Anne Carson, die wohl aufregendste lebende Dichterin der angloamerikanischen Welt, findet am Entdecken nicht weniger Freude als am Irren/ Irrtum/IndieIrreGehen. Frauen sind stark, sagt diese Dichterin, sie verstehen etwas von Gefäßen, vom Wasser und vom irdischen Durst.